글벗시선 212 이명주 시조집

꽃빛 그리움

이 명 주 지음

글빛으로

기억 속 추억 담아
하나둘 엮은 글말
희망과 꿈을 모아
하루를 엮어간다
어릴 적
읽어버린 꿈
이곳에서 만난다

남겨둔 투정 없이
마음을 쏟아내며
어느새 말랑말랑
마음 빛 밝아진다
글숨은
내 삶과 함께
숨을 쉬며 자란다

글 속에 삶이 있고
오롯이 내가 있다
퇴고를 거듭하며
다듬어 살아온 삶
마음의
글을 찾아서
내 인생을 담는다

차 례

제2부 바람에 띄운 편지

제3부 사랑꽃

제4부 숲길을 걷다

제5부 씨앗의 꿈

제6부 올레길 따라

■ 서평

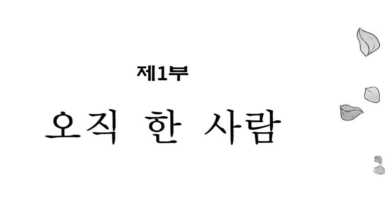

제1부

오직 한 사람

가을 하늘

선선한 솔바람이
가을을 데려왔네

뜨겁게 달군 대지
빗물로 씻어 놓고

마음 창
높은 하늘에
가득 띄운 그리움

가을 들녘

황금빛 가을 들녘
풀무치 폴짝폴짝

오곡이 익는 소리
가을은 풍요롭다

농부의
땀방울처럼
소담소담 영근다

봄이 오면

꽃잎은 흩어지고
사랑이 저물어도
그리운 마음 남아
저 꽃길 함께 걷네

떨어진
꽃잎 보면서
잊지 못할 그 얼굴

그리움

그대만 생각하면
언제나 짠한 마음

그리운 마음 실은
하룻길 또 저무네

어때요
꽃 피는 봄날
커피 한 잔 할까요

약밥을 만들며

찹쌀밥 고슬고슬
견과류 영양 듬뿍
밤 대추 어우러져
건강밥 대령이오
쌍화차
한 잔의 여유
따뜻한 정 나눠요

정월의 대보름날
어머니 사랑 담아
구릿빛 반지르르
꿀맛 같은 약식이오
그 사랑
그리운 날은
엄마 손맛 찾지요

우크라이나의
평화를 위해

폭격은 쉴 새 없이
심장을 관통하고
두 손을 모아 잡고
숨죽여 웅크리네
어쩌랴 우크라이나
울부짖는 아픔을

푸른빛 하늘 아래
대지의 노란 물결
희망의 불꽃 지펴
밝은 빛 살아나네
전 세계 염원을 담아
평화의 꽃 피우리

선조의 아픈 상처
타오른 슬픈 불길
어떠한 이유라도
전쟁은 막아주오
비둘기 힘찬 날갯짓
우리의 꿈 평화여

고향

눈부신 햇살 아래
저만치 아지랑이

그리움 불꽃같이
내 가슴 또 흔든다

고향의
어머니 향기
가슴 속에 흐놀다

봄눈 오는 날

무엇이 아쉬워서
가던 길 돌아왔나

고웁게 방긋 웃는
꽃님이 그리웠나

당신의
하얀 그리움
내 가슴에 멍드네

풀꽃 약속

꽃가람 따라온 꿈
풋풋한 풀꽃향기
키 작은 꽃잎 하나
실바람 살랑이고
작은 새
바쁜 날갯짓
포롱포롱 날지요

행운의 토끼풀꽃
고웁게 꺾어다가
꽃반지 풀꽃 팔찌
내 손에 끼워주던
추억의
푸른 약속이
아른대는 그리움

안다미로길

밤사이 내린 봄비
꽃잎에 입 맞추고
발그레 미소 짓는
꽃들의 웃음소리
빗방울
통통 뛰면서
안다미로 거니네

거리에 가로수는
초록빛 물감으로
공원의 벚꽃 나무
분홍빛 설렘으로
까르르
꽃들의 웃음
내 마음도 피었네

벚꽃 피는 날

이른 봄 팝콘처럼
하얗게 웃는 너는
차가운 내 가슴을
환하게 물들이고
거리는
은빛 강처럼
반짝이며 흐르네

그리움 나비처럼
나풀나풀 날아와서
보고픈 네 어깨에
살포시 내려앉아
눈부신
초록빛 섬엔
송알송알 큰 웃음

잎새달

물오른 나뭇가지
저마다 움 틔우고
햇살로 바람으로
꽃들의 향연 열어
초장의
연둣빛 물감
응원가를 부른다

옹골찬 초록 세상
푸른빛 물결이다
차디찬 들판마다
알록달록 색칠하네
청보리
방긋한 웃음
가슴 벅찬 노래여

* 잎새달 : 4월을 달리 이르는 말

라일락 향기 따라

새색시 분내음이
포올 폴 피어올라
가던 길 멈추고서
그대를 맞이하네
라일락
임 향기 닮은
봄이 왔어 봄이 와

달콤한 그대 향기
내 임의 품속으로
무작정 달려가서
볼과 코 입술까지
가슴에
오롯이 담아
향기롭게 하리라

바람 따라 꽃잎 따라

느긋한 휴일 아침
문밖에 기대서서
다정한 목소리로
꽃놀이 가자 하네
후다닥
꽃단장하고
그대와의 데이트

낙동강 줄기 따라
벚꽃길 삼락공원
꿈꾸듯 꽃길 따라
하얗게 히죽히죽
화려한
꽃잎 떨구고
초록 잎만 남았네

얇은 잎 하나하나
바람에 나풀나풀
꽃비로 내려오니
눈물나게 아름답다
인생도
저 꽃잎처럼
눈부시게 지려나

어느 봄날

창가에 아침햇살
고개를 내밀 때쯤
띠리리 알람 소리
병원 진료 예약 날
괜찮아
괜찮을 거야
토닥토닥 달랜다

달리는 차창 밖은
완연한 봄꽃 축제
떨리고 두려운 맘
봄바람 날려본다
병원은
가는 곳마다
줄을 서서 대기 중

긴장한 마음으로
검사를 마친 시간
병원 뜰 봄꽃 향기
날 반긴 저 꽃 보소
말없이
건넨 미소에
나도 함께 웃는다

Love you

동행

순백의 드레스를
곱게 입고 갈게요
연둣빛 정장 입고
그대는 오시어요
오색 꽃
흐드러진 뜰
너와 나의 언약식

초록빛 잎이 돋듯
하얀 꽃 피어나고
아름다운 꽃동산에
우리 사랑 펼쳐봐요
나는 꽃
그대는 잎새
함께 피는 사랑꽃

오직 한 사람

밤하늘 달빛처럼
뜨거운 태양처럼
뜨락에 늘 푸른빛
소나무 같은 사랑
그대는
나를 위해서
축복으로 오셨네

수많은 인연 중에
내 손을 잡은 그대
나 또한 그대 위해
당신 앞 미소 짓네
나의 별
오직 한 사람
하늘 아래 그대뿐

임 오시는 날

하루 이틀 애가 타고
한 달 두 달 지쳐가네

드디어 임 오신다
설렌 맘 다소곳이

널뛰는
가슴 붙잡고
그대 마음 엿보네

들꽃

저 말간 햇살처럼
뜨락에 곱게 앉아
나는요 그대 위해
함초롬 피었다네
내 임아
애살포오시
기다릴게 여기서

바람 따라 구름 따라
수줍게 올랑올랑
오시는 걸음마다
설렘 꽃 활짝 피네
영원히
옆에 두고서
보고 싶은 그 얼굴

* 애살포오시 : 애틋하게 살포시.

진달래꽃(1)

수줍은 빨간 미소
내 맘을 흔들어요
불타는 마음 하나
그대를 향합니다
그대와
첫 만남처럼
활활 타는 그리움

산등성 올라서면
사랑의 세레나데
그 마음 서로 알아
그리움 찾아가죠
봄마다
추억 한 다발
가슴 여는 메아리

제2부

바람에 띄운 편지

진달래꽃(2)

빨갛게 물든 마음
그대는 아시나요
그대를 향한 열정
오롯이 물들이고
오늘도
그대를 향해
타는 가슴 달래네

온 산을 불태워도
내 마음 부족해요
다 타고 남은 재는
푸른 잎 돋아나죠
그대와
함께 웃는 날
기다리는 사랑꽃

앵초

붉은색 자주 빛깔
사랑의 다섯 꽃잎
그윽한 미소 띠며
봄이면 곱게 피네
눈길이
마주칠 때면
실눈 웃음 배시시

습지에 둘러앉아
도란도란 이야기꽃
조그만 꽃자루 끝
다섯 개 심장 열다
사랑의
행운 열쇠로
춘사월에 문 열다

바람에 띄운 편지

새 아침 밝은 햇살
임 미소 닮았어라
고웁게 마음 실어
바람에 띄운 편지
너와 나
달콤한 사랑
꿈꾸어도 좋으리

가슴은 몽글몽글
그날의 그리움들
전하고 싶은 마음
얼마나 닿았을까
가만히
바라본 눈빛
눈동자 속 네 모습

바람에 나부끼는
애틋한 사랑 노래
순정은 물결같이
이렇게 간절한데
내 마음
아시는 당신
애달프고 예쁘다

괭이밥꽃

앞동산 둘레길에
널 닮은 작은 들꽃
착하고 여린 눈빛
가녀린 맑은 미소
숨 가쁨
잊어버리고
종알종알 애기꽃

모퉁이 돌아서면
사랑초 노란 꽃잎
까치발 동동걸음
그 눈길 눈부셔라
꽃 웃음
한 아름 들고
나의 품에 안긴다

제비꽃

겨우내 서러운 맘
와르르 달려 나와
돌 틈새 다붓다붓
정답게 모여앉아
힘든 일
모두 잊은 듯
하하 호호 웃는다

올해도 잊지 않고
수줍게 내민 얼굴
지난해 만난 친구
올해도 또 만났네
더 많은
친구와 함께
우주여행 떠나네

푸른달의 정원

우주에 그린 그림
누구의 작품일까
사계를 그려놓고
전시회 열었구나
푸른 달
초대장 들고
꽃동산에 오른다

내 임은 숲이 좋아
나는야 꽃이 좋아
황홀한 붉은 숲길
서로 늘 탐닉하네
장미꽃
농익은 사랑
향기마저 달구나

* 푸른달 : 5월을 달리 이르는 말

친구와 함께

꽃바람 살랑살랑
너와 나 숨 고르기
뭉쳐서 가라앉은
마음을 풀어내고
고마워
기억해 줘서
꼬불꼬불 인생길

속마음 눈물 고백
따뜻이 품에 안고
또 다른 추억 하나
맘속에 심어놓네
서로를
바라본 눈빛
살갑고도 정겹다

봄맞이꽃

밭두렁 양지 녘에
가냘픈 한해살이
눈망울 초롱초롱
펼쳐 든 하얀 우산
쑥 캐는
아낙네 가슴
그리움에 설렌다

숲속에 푸른 천사
들녘에 꽃의 요정
산야에 봄을 여는
꽃 웃음 합창 소리
잠에서
깨어난 풀꽃
아기 웃음 짓는다

구름 가족

새파란 하늘 보면
가슴이 설렙니다
엄마 구름 아기 구름
어디로 가는 걸까
사뿐히
바람을 타고
아빠 구름 만나요

바람을 싱싱 타고
그리운 가족 품에
행복한 구름 가족
한 곳에 옹기종기
서로의
마음 기대어
행복 여행 떠나요

텃밭 가꾸기

베란다 텃밭에는
사랑이 바쁜 손길
씨앗을 뿌려놓고
물 주며 분주하네
연초록
꼬물꼬물이
고개를 쏙 내민다

그녀의 호들갑에
여기저기 새싹 소식
전화기 저 너머엔
설렘의 큰 환호성
차알칵
렌즈 너머로
예쁜 눈짓 새싹들

친구가 잠든 사이
씨앗의 꼬마 요정
아침에 맑은 눈빛
어영차 쑥쑥 컸네
어느덧
행복의 밥상
삼겹살에 상추쌈

천황산의 봄

봄맞이 나선 설렘
기차에 몸을 싣고
그리운 친구들과
천황산 올라 보니
진달래
핑크빛 만남
반가워라 임 소식

케이블카 올라앉아
산하를 내려보니
저 멀리 아름다운
고향의 선한 숨결
친구들
행복한 웃음
온 산야에 물든다

설렌 맘 까치걸음
발자국 포개면서
붉은빛 진한 우정
능선에 피어나니
파아란
저 하늘 끝에
두 친구가 만난다

고향의 봄

굽이진 오르막길
헉헉 헉 거친 숨결
계곡물 속닥속닥
따뜻한 고향 소식
졸졸졸
엄마 목소리
그리움의 메아리

산등성 올라서면
붉은빛 너울너울
진달래 아름 꺾어
살포시 안겨주네
푸른빛
맑은 하늘에
웃고 계신 아버지

들녘은 보물창고
봄나물 아슴한 맛
들꽃과 찔레꽃 향
바람에 들숨 날숨
자매들
추억 보따리
펼쳐보는 즐거움

비 오는 날 병원에서

축 처진 어깨 너머
빗방울 하염없네
슬프디 슬픈 마음
빗물에 씻어내듯
두려운
그대 눈망울
슬픔에 찬 파랑새

꿈속을 헤매다가
깨어난 그대 눈빛
뿌우연 창에 비친
새초롬한 영산홍꽃
창가에
창백한 꽃잎
비에 젖은 여인아

봄 시화전

– 연천 종자와시인박물관에서

산기슭 맑은 공기
우리 임 고운 숨결
대문을 활짝 열어
살갑게 맞아주네
글말로
싹 틔운 글꽃
아름다운 그 향기

초록빛 하늘하늘
영산홍 붉게 물든
사랑의 그 꽃길에
그리움 씨앗 뿌려
가을엔
메리골드 길
사뿐사뿐 찾으리

애기똥풀

바람에 하늘하늘
춤추는 벌나비떼
연둣빛 풀잎 위에
눈부신 노란 웃음
보고픈
엄마를 찾아
작은 꽃씨 날지요

가슴속 사랑 하나
길섶에 살풋 앉아
수줍은 미소 띠는
해맑은 너의 눈빛
샛노란
오월의 고백
몰래 주는 그 사랑

아카시 향기

우리의 우정처럼
해맑고 고운 순결
가지 끝 조롱조롱
매달린 그리움들
바람결
추억의 향기
달콤달콤 꿀단지

벌 나비 넘나드는
달콤한 추억의 꽃
임 향기 짙게 배어
설렘이 가득하네
활짝 핀
가슴은 온통
그리움을 덮는다

학교길 동무 함께
그리움 안겨주는
첫사랑 까까머리
갈맷빛 젊은 날들
하이얀
꽃향기 가득
첫사랑도 피었네

사과꽃 향기

꽃바람 맑은 내음
코끝을 간질간질
꽃 웃음 품에 안고
행복한 나의 미소
꽃향기
가득한 언덕
서성이는 내 마음

연분홍 봉긋 올라
하이얀 사랑 꽃잎
수수한 임의 마음
내 마음 사로잡네
어느새
다가온 향기
고운 미소 날리네

첫사랑 그대 앞에
발그레 물든 얼굴
수줍게 미소 짓는
순수한 하얀 마음
알알이
맺힌 그리움
송골송골 여문다

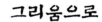

그리움으로

먼 산을 바라보며
헛헛한 웃음 짓네
나약한 마음 앞에
믿음도 사라지네
아픈 맘
다시 다독여
꽃동산에 오르자

모두가 부질없는
욕심과 집착으로
마음속 참된 사랑
안개로 흩어지네
그리움
가슴에 안고
가는 세월 탓하네

때죽나무 꽃그늘 아래

들솔길 걷다 보면
뽀샤시 아기 모습
은은한 별꽃 향기
코끝에 전해와요
꽃향기
햇살을 향해
활짝 웃고 있지요

나무에 마음 열고
하늘을 바라보면
눈부신 별꽃 모양
행복을 노래해요
밤하늘
미리내처럼
행복한 꿈 꾸지요

산새와 수다 속에
시간은 흘러가고
떨어진 꽃잎 주워
사랑을 고백해요
쏟아진
꽃길 걸으며
추억 속에 잠겨요

꽃양귀비 (개양귀비)

오월에 화창한 날
봉오리 꽃잎 열어
아파트 옹벽 위에
만개한 꽃양귀비
지나는
행인들 반겨
활짝 웃는 우미인

해맑은 눈망울로
살포시 웃는 꽃잎
꽃술을 맞대고서
온종일 소곤소곤
오월의
장미꽃보다
아름다운 그 눈빛

제3부

사랑꽃

이팝나무

오월의 거리에는
구수한 튀밥 내음
지나는 발길마다
인심도 풍요롭다
흰쌀밥
수북이 담아
보릿고개 넘는다

녹음이 우거지는
오월도 성큼성큼
활짝 핀 이팝나무
풍년을 알린다오
거리는
온통 하얗게
눈부시게 빛난다

오늘이라는 선물

창밖은 푸르스름
아침이 찾아오면
돋을볕 시나브로
어둠을 밝혀주네
마음은
새로운 시작
몽글몽글 설렌다

어제는 지나가고
새날이 밝았으니
희망의 미소처럼
소르르 피어올라
오늘도
빛나는 하루
감사함을 담는다

고당봉의 새해

거친 숨 몰아쉬며
발밤발밤 오르는 길
오가는 숨결마다
새해가 밝았어요
털모자
꾹 눌러쓰고
들숨 날숨 오른다

앙상한 가지 위에
칼바람 불어와도
꽃으로 피어나는
봄소식 오시려나
봉긋이
부푼 꽃무덤
새해 소망 꿈꾸네

해당화

포말에 영혼 실어
섬마을 외딴곳에
한 줌의 햇살처럼
그리움 밀려오면
오늘도
잊지 못해서
초롱초롱 잠 못 드네

홍자색 저고리에
진초록 갈래 치마
태양빛 따사로움
내 그리움 담을까
선명한
바닷가 추억
햇살처럼 붉은 꽃

향긋한 바람결에
보고픈 임 오실까
꽃구름 몽실몽실
한세월 흘러가도
그 바람
살포시 피어
차오르는 그리움

사랑꽃(1)

하늘에 잿빛 구름
꽃동산 뒤덮어도
비 온 뒤 다져진 땅
어여쁜 꽃은 피네
오롯이
그대를 향해
활짝 웃는 사랑꽃

정열에 꽃잎 위에
벌 나비 날아들고
뜨거운 열정으로
사랑을 노래하네
그대를
그리는 마음
붉은 장미 같아라

꽃잎 편지

겹겹이 담은 사연
꽃으로 활짝 피고
한잎 두잎 곱게 띄워
바람결 전해지면
가슴에
맺힌 그리움
사랑으로 스며요

한 장의 꽃잎 위에
그리움 가득 쓰고
또 한 장 꽃잎에는
사랑을 가득 쓰면
당신의
가슴속에는
함박꽃이 피지요

커피 속의 당신 모습

구릿빛 당신에게
살며시 다가서면
하얗게 웃는 그대
가슴에 품은 열정
남몰래
마주친 눈빛
힘이 되는 그대여

향긋한 당신 내음
설렘을 불러오고
추억 속 그대 만나
외로움 달래주네
잔잔히
피어난 미소
커피 속에 그 사랑

노을이 지는 풍경

고요한 낙동강 물
하늘을 고이 담고
저 멀리 기적소리
네게로 달려가네
초록빛
가람의 설렘
아름답게 빛나요

햇살도 그대 위해
보드레 쓰다듬고
환하게 웃어주는
순수한 사랑의 빛
살며시
빗장을 풀고
그대 품에 안겨요

새들이 노닐다 간
갈대숲 저 너머엔
어둠이 스멀스멀
땅속에 솟아나고
노을빛
내 마음까지
붉게 붉게 물드네

유월의 편지

꽃잎이 떨어지듯
우리의 아픈 유월
선조의 흘린 눈물
한 맺힌 호국영령
흩어진
붉은 꽃잎들
슬픈 영혼 잠들다

평온한 이 땅 위에
갈맷빛 꽃잎 돋고
숭고한 영혼 위해
경건한 묵상 편지
선열의
희생과 아픔
가슴 품어 읽는다

프러포즈

사랑과 축복 속에
설렘의 프러포즈
장미꽃 한 아름과
수줍게 내민 선물
달콤한
그대의 순정
내 심장을 뛰게 해

늘 푸른 사철나무
갈맷빛 굳은 맹세
뜨거운 열정으로
사랑을 꽃 피우네
하늘빛
해맑은 미소
눈부시게 빛나네

행복한 동행

그대는 학창 시절
첫사랑 친구 같아
우리의 공감 대화
위로 속에 크게 웃네
너와 나
함께 있으니
행복의 꽃 피어라

당신을 생각하면
입가엔 항상 미소
서로를 바라보면
살갑고 정스럽다
그대의
행복한 눈빛
사랑 가득 담았네

슬픈 날 우울한 날
힘들고 외로운 날
꽃처럼 밝게 웃는
내 곁에 그대 있네
위로와
격려 속에서
우리 서로 응원해

목단

온종일 내 마음은
당신께 달려가고
내 가슴 터질 듯이
온종일 두근두근
빨갛게
탐스런 얼굴
장미꽃에 비할까

Love you

그대를 만나

사랑해 이 한마디
좋아한 임의 모습

마음은 숨김없이
오늘도 고백해요

당신께
하고 싶은 말
우리 사랑 영원히

Love you

빗속의 추억

여행 중 하루 종일
단비가 촉촉하다
그리운 그대와의
달콤한 추억의 꽃
다정히
우산 속에서
도란도란 들리네

즐거워 신이 나던
우리들 사랑 얘기
행복의 노래 되어
귓전에 맴도는데
빗소리
향기를 품은
내 안에서 널 찾네

희망의 촛불

눈을 지그시 감고
호흡을 가다듬네
두 손을 모은 기도
소원을 빌어본다
그대는
가슴에 뜨는
태양 같은 보배여

하고픈 일이기에
도전 또 도전해요
꿈 가득 심은 씨앗
결실을 봐야 해요
희망찬
축복의 노래
사랑으로 응원해

챙기지 못한 마음
안쓰럽고 미안해요
오뚝이 같은 너는
꼭 다시 일어서리
당당한
새로운 앞날
힘찬 발길 응원해

love you

밤비

그리움 한 자락이
또르르 내려앉아

목마른 사랑 갈증
쪽쪽 쪽 입 맞추네

지난밤
참 행복했어
너를 만나 좋았어

저녁 풍경

어스름 해거름에
눈부신 금빛 물결
설레는 가슴 안고
말없이 바라보면
그 미소
화려한 몸짓
노을빛에 젖는다

아련한 그리움에
또렷한 그대 얼굴
이우는 구름 속에
소복이 웃고 있네
행복한
그대의 미소
내 가슴에 물든다

그대가 없는 하루

그대가 없는 하루
바람도 잠이 들고
꼭 닫힌 문고리만
눈앞에 울고 있다
깜깜한
터널을 지나
햇살 속에 빛난다

하루볕 설렌 꿈은
기다림 품어 안고
심장의 떨림소리
그리움 저며온다
가슴은
끝없이 뛰고
설레는 맘 달랜다

바람도 나를 세워
사뿐히 걷게 하고
사랑아 내 사랑아
우리도 함께 걷자
내 생명
흙으로 돌아
우리 함께 잠들자

고향 집

내 고향 층층 밭에
감자꽃 곱게 피고
굴뚝엔 모락모락
연기가 피어나면
울 엄마
부르는 소리
허기진 배 채운다

장독대 울타리에
활짝 핀 덩굴장미
담장을 뛰어넘어
흐드러진 웃음소리
친구와
추억을 찾아
달근달근 얘기꽃

희망의 아침

비 온 뒤 초록 물결
가로수 싱그럽다
해맑은 고운 햇살
다소곳이 펼친 하루
활기찬
임의 발자국
그리움을 쫓는다

또 하루 출발선에
신발을 신는 아침
행복한 축복 속에
옹골찬 꿈과 희망
차분히
기도하는 맘
그대 곁에 머문다

제4부

사랑 풍경

숲길을 걷다

솔향기 풍겨오는
고요한 고향 숲길
답답한 생각들을
모두 다 내려놓고
해맑은
자연 숨소리
귀 기울여 듣는다

오솔길 발맞추어
산허리 돌고 도니
흐르는 계곡물의
청아한 노랫소리
그 속에
추억 한 아름
가슴 안고 왔노라

마주 본 눈빛 속에
피어난 우리 사랑
내 안에 추억 깨워
그대와 함께 걷네
지난날
정겨운 얘기
푸른 마음 담는다

작달비

하늘엔 먹장구름
가득히 내려앉고
그리움 쏟아질 듯
물안개 피어올라
빗방울
또르르 굴러
내 안에서 머무네

메마른 가뭄 끝에
자드락비 쏟아지고
목말라 애태우던
산과 들 잠 깨우네
퍼붓는
푸른 오란비
그리움을 토한다

비로암 둘레길에서

푸른 숲 황톳길을
신나게 화장 걸음
시원한 살랑바람
흘린 땀 날리우니
솔잎 향
아름드리 꿈
사각사각 웃는다

초록잎 팔랑팔랑
자연의 둥근 마음
비로암 누각 앞에
두 손을 합장하고
가만히
너의 맘 곁에
내 마음도 포갠다

청정한 마음으로
자연과 숨 고르기
마음이 가벼우니
물소리 더욱 맑고
산천의
갈맷빛 숲길
쉬엄쉬엄 오른다

호접란

내 삶의 창가에는
햇살이 눈부시다
하나둘 가꾼 화분
눈 인사 바쁜 하루
폴폴 폴
꽃 향기 가득
송이송이 피었네

행복이 머문 자리
나비떼 날아들고
간절한 우리의 맘
꽃들은 아는 걸까
화들짝
놀란 눈망울
수줍은 듯 웃는다

인생의 항해

시처럼 참 반갑다
꿈인지 생시인지
애타게 기다리다
그립다 원망하네
언제나
당신 흔적은
구름 끝에 걸렸지

목울대 뜨겁도록
그리움 울컥울컥
흔적도 없는 공간
서서히 체념하다
희망의
뱃고동 소리
꿈 한 가득 싣는다

가지를 굽다

엄마의 텃밭에는
새콤달콤 꿈이 있죠
빨 주 노 초 파 남 보
꿈들이 익어가요
우아한
보랏빛 향기
엄마 사랑 찾지요

반으로 자른 가지
빗살로 무늬 넣어
앞뒤로 노랑노랑
빛 좋게 살짝 굽죠
파송송
양념간장에
달큰달큰 향긋해

오작교를 건너며

하늘은 보랏빛깔
잔잔한 달빛 두른
동쪽에 신랑 견우
서쪽에 신부 직녀
오작교
행복의 다리
맑은 물빛 건너네

가슴과 가슴으로
그리움 수를 놓고
흔들림 없는 세월
견우와 직녀처럼
애태운
평생의 사랑
꽃피는 날 꿈꾸네

견우직녀달의 사랑

은하수 반짝이는
잔잔한 상현 달빛
오롯한 보고픔에
설레는 칠석 사랑
그리워
흐르는 눈물
빗물 되어 넘치네

가슴에 사무치는
그리움 묻어둔 채
서로를 바라보며
칠월을 꿈꾼다네
손꼽아
기다린 시간
칠월 칠석 기쁜 날

아이스커피

초록빛 땅바람과
따가운 여름 햇살

각 얼음 동동 띄운
향 좋은 커피 한 잔

우리의
쉼 없는 인생
잠시 내려놓아요

꽃 피는 아침

접시꽃 봉숭아꽃
알록달록 곱게 피면
계절 따라 꽃을 심던
울 엄마 그리워라
지금도
저 하늘에서
꽃을 보고 계실까

당신의 손길 머문
정겨운 그 장독대
키 작은 채송화꽃
환하게 웃고 있네
한없는
그리움으로
울컥하는 이 아침

키다리 접시꽃

내 마음 정원에 핀
키다리 당신 곁에
층층이 마음 마음
하소연 풀어낸다
가슴 속
담아둔 얘기
가만가만 꺼내네

오가는 이들에게
사랑이 남실남실
분홍빛 행복 웃음
정겨움 넘쳐난다
살가운
접시꽃 인사
이웃사랑 꽃 피네

접시꽃 당신

고향집 담장 밑에
화사한 아름다움
반갑게 인사하던
키다리 아가씨 꽃
어릴 적
대문 앞에서
맞이하던 접시꽃

마디마디 꽃귀 열고
꽃마음 곱게 피듯
큰 언니 닮은 모습
단아한 기품일세
참 고운
그대 창가에
햇살 가득 비추네

글벗 만남

따뜻한 감성 맑아
내 마음 적셔주네
지쳐서 힘든 마음
시 한 편 방긋 웃네
정성껏
엮은 시어들
공감 속에 스미네

감성 속 따순 글말
지친 맘 쓰담쓰담
고단한 삶의 하루
울다가 또 웃는다
글벗과
마주 앉아서
물빛 글꽃 피우네

연꽃나비 날다

햇살이 창을 넘는
산 아래 작은 맛집
뜨락에 반짝이는
푸른빛 바다 향기
상큼한
꼬막무침에
파도 소리 들린다

꼬르륵 허기진 배
맛깔난 자연향기
단아한 접시 위에
활짝 핀 꽃송이들
옛 추억
입속 한가득
새콤달콤 애기꽃

스물여덟에 꽃 피다

발그레 양쪽 볼에
피어난 꽃봉오리
도톰히 빨간 입술
잘 익은 앵두라네
착한 너
어여쁜 내 딸
아름답게 빛나네

스물여덟 너의 빛깔
하늘도 참 푸르다
초록빛 온 산야는
널 닮은 선한 눈빛
고마워
엄마 딸이라
내 품 안에 안긴 꽃

해파랑길에서

바닷가 바람결에
짭조름 바다 향기
포말에 밀려오는
추억의 이야기들
저 멀리
뱃고동 소리
날개 펴는 그리움

아련한 지난 추억
밀려온 파도 소리
수많은 사연 담아
하얗게 꽃이 피면
찻잔 속
그리운 얼굴
해파랑길 넘는다

Love you

먹구름이 울다

푸른빛 저 하늘에
먹구름 밀려오면
새하얀 백지 위에
눈물이 떨어져요
먹물 빛
멍울진 마음
쓰다듬어 안는다

자둿빛 사랑

아사삭 새콤달콤
발그레 고운 빛깔

설렘을 가득 품은
첫사랑 같은 마음

조금씩
발그레지다
피어오른 그 미소

사랑꽃(2)

핑크빛 사랑으로
고읍게 물들이고
활짝 핀 웃음으로
언제나 반겨주네
내 사랑
애타는 마음
하나뿐인 그대여

서로가 꿈을 꾸며
사랑을 노래하고
꽃 피고 새가 우는
낙원을 꿈꾸지요
우리의
행복한 앞날
꽃길에서 만나요

산마루의 응원가

호젓한 산길 따라
솔솔솔 부는 바람
바람결 실려오는
산벗님 웃음소리
내 얼굴
잔잔한 웃음
아름답게 피었네

버릴 거 다 버리고
흘릴 거 다 흘리네
그대를 닮아가는
모두가 예쁜 마음
솔바람
힘을 내라는
소리 없는 아우성

제5부

씨앗의 꿈

담쟁이의 하루

갈맷빛 푸른 청춘
노을빛 물들이면
담장을 움켜잡고
온 힘 다해 올라선다
한 움큼
움켜쥔 햇살
눈부시게 빛난다

비바람 흔들려도
한 몸으로 달라붙어
힘겨운 애옥살이
금물결 이루었네
석양에
비친 네 모습
꽃물처럼 고와라

해묵은 그리움이
담장을 뒤덮는다
서릿바람 곱게 물든
담쟁이 아기 넝쿨
오늘도
울타리 넘어
아장아장 걸음마

가을을 열며

무성한 진초록빛
타오른 붉은 태양
가슴이 타는 열정
숨 가쁜 매미 울음
그 소리 걷히고 나면
맑은 하늘 열리리

타오른 모닥불은
어스름 밀어내고
수목과 풀잎들의
보랏빛 단풍 여행
뜨거운
태양 저물고
가을 향기 품는다

보름달을 꿈꾸며

하늘에 반쪽 달빛
그 반쪽 내가 될까

너와 나 한 몸 되어
휘영청 밝혀주네

우리의
마음 문 열면
보름달이 뜨지요

부레옥잠

수조에 살랑살랑
살며시 펼친 연서
꽃대궁 높이 올려
파르르 띄워본다
물 위에
떠다니는 삶
보랏빛 꿈 펼친다

후드득 비 스치고
바람이 남실남실
돋을볕 하룻길에
오롯이 피운 열정
애잔한
부레옥잠화
흔들리는 그 기억

가을 풍경

논밭에 새를 쫓는
훠이훠이 허수아비
노랗게 물든 들녘
차오른 송이송이
서늘한
바람과 햇살
가을 불러 앉힌다

가을빛 고운 하늘
흰 구름 둥실둥실
붉은 놀 소야곡이
길섶에 내려앉네
넉넉한
가을의 풍요
찬 이슬에 영근다

가는 세월

청초한 임의 모습
밤하늘 별빛처럼
내 삶의 그림자를
가만히 품어 안네
세월은
소리도 없이
다소곳이 흘러요

여치와 방아깨비
가을을 찾아가듯
가녀린 풀자락을
힘차게 뛰어넘네
풀벌레
요란한 소리
가을 마중 나가요

연천에서 핀 글꽃

길섶에 둘러앉은
설악초 메리골드
알싸한 임의 향기
내 마음 감싸 안네
흰 구름
황금빛 들녘
연천 고을 좋아라

곳곳에 눈길 손길
해맑은 꽃잎 웃음
씨앗의 꿈을 심어
글꽃을 피우는 곳
언제나
우리의 만남
나눔으로 꽃피네

Love you

신불산 억새꽃

옹골찬 가을 문턱
꽃 물든 나뭇가지
돌계단 올라서면
하늘과 맞닿은 곳
참 예쁜
능선길 넘어
내 고향이 그립다

구름도 한 점 없는
배내골 쪽빛 하늘
산야에 출렁이는
화려한 오색 바람
억새꽃
하이얀 손짓
은빛 물결 축제장

눈이 내리는 날

그대의 하얀 웃음
마음을 여는 아침
차가운 마음 위로
따뜻한 햇살 한 줌
빗살에
사르르 녹아
눈물처럼 흐르네

하늘을 바라보며
날마다 하 그리워
포근한 그대 눈빛
살갑게 와닿으면
입맞춤
뜨거운 열정
그대 사랑이어라

위로 커피

늘 같은 마음으로
당신은 따뜻했어

내 곁에 있어 줘서
올해도 고마웠어

언제나
따뜻한 사랑
마주 보며 한마음

찻잔에 담긴 사랑

차 한 잔 앞에 두고
수다로 풀어내며

한 모금 마음 열고
따뜻한 정을 쌓네

조금씩
비워진 찻잔
사랑 가득 채우리

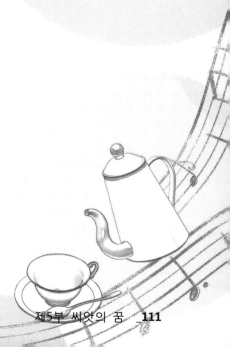

해돋이

바다에 반짝이는
황금빛 윤슬 위로
오롯이 꿈을 담은
희망을 펼칩니다
저 멀리
수평선 너머
찬란한 빛 솟듯이

서운암 향기

서운암 앞마당에
꽃을 든 봄 처녀들
왁자한 들꽃 향기
멋스러운 시조 향기
찰지게
비비는 웃음
화전 위에 피는 꽃

앞산에 진달래꽃
뒤뜰에 민들레꽃
옹기종기 모여앉은
돌담 밑 오랑캐꽃
와르르
꽃물 터지듯
들려오는 봄노래

찻집에서

혀끝엔 새콤함이
심장을 뛰게 하고
첫 느낌 그 향기에
감도는 맑은 사랑
설렘은
봄꽃 향 품고
꽁냥꽁냥 취한다

잔잔히 흐른 노래
찻잔에 내려앉고
발효된 분위기는
사랑에 익어간다
솔 향기
가득한 찻집
눈부시다 그 햇살

회갑 잔치

지나간 시간들은
꽃보다 향기롭다
세월의 무게에도
그 모습 그대로네
그리운
기억 보듬고
함께 나눈 얘기꽃

희끗한 머리에도
열정은 남아있네
몸짓은 들썩들썩
갈맷빛 힘찬 청춘
살가운
저 눈빛 속에
피어나는 추억들

친구들아
함께한 고운 추억
잘 간직할게 고마워~

찔레꽃 사랑

찔레꽃 활짝 피는
숲속의 이른 아침
까르르 하얀 웃음
향기를 뿜어낸다
산새들
봄의 노래가
잔잔하게 울리네

따뜻한 햇살 속에
순백의 맑은 꽃잎
동그란 노란 꽃술
가만히 눈 맞추면
꽃 속에
그리운 얼굴
구름처럼 퍼지네

장미 정원

추억이 꽃물 드는
오월은 매력쟁이
푸름을 가득 안고
오색빛 향기 품네
눈부신
계절의 여왕
아름다운 갈맷빛

꽃내음 풀내음이
그윽한 장미 정원
아련한 옛 추억이
가슴에 스며드네
오월은
누구에게나
흘러가는 그리움

가슴과 가슴들이
붉게 핀 꽃 속에서
따뜻한 언어들로
아픔을 보듬는다
심장이
툭 터지도록
사랑의 꽃 피었네

산딸기

가시덤풀 사이에
쪼르니 붉은 얼굴
만개한 꽃잎처럼
향기를 쏟아낸다
훈풍에
붉어진 얼굴
달보드레 사랑옵다

꽃처럼 향기 품고
웃음은 햇살처럼
입술은 마닐마닐
이야기꽃이 핀다
달콤한
너의 입술은
시나브로 젖는다

낮술

둥글게 마주 앉아
주거니 또 받거니
한 잔에 담은 추억
발그레 꽃물 들다
그리운
벗들과 함께
낮술 한 잔 좋더라

소탈한 분위기에
이야기꽃은 피고
까칠한 내 마음도
흉금을 털어놓네
산방산
올려다보며
벨롱벨롱 빛난다

*벨롱벨롱 : "반짝반짝"의 제주도 방언

씨앗의 꿈

심장의 작은 씨앗
서로 손 맞잡으면
새봄이 오기 전에
별처럼 번질 거야
우리의
눈부신 사랑
꽃이 되어 필 거야

제6부

올레길 따라

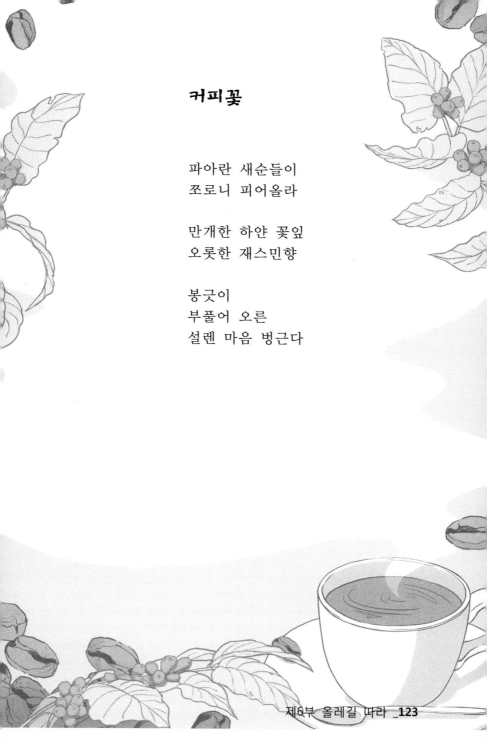

커피꽃

파아란 새순들이
쪼로니 피어올라

만개한 하얀 꽃잎
오롯한 재스민향

봉긋이
부풀어 오른
설렌 마음 벙근다

인연의 꽃

수많은 인연 중에
서로를 보듬는다
은은한 믿음 속에
살가운 사람 냄새
고운 맘
눈빛만 봐도
따뜻함에 웃지요

기쁠 때 속닥속닥
슬플 때 토닥토닥
삶에 큰 힘이 되는
고마운 마음 가득
참 좋은
인연의 향기
가득 품은 꽃향기

여름날의 하루

하루의 끝을 지나
한여름 지친 마음
돌릴 수 없는 시간
뒤돌아 바라보네
흐르는
눈물만큼의
뒤끝 없는 푸념들

새까만 밤하늘에
별들은 익어가고
가슴을 저미도록
그리움 깊어진다
한숨에
걸터앉은 밤
임의 향기 그립다

자연이 주는 선물

솔 향기 솔솔 부는
갈맷빛 숲에 앉아
숲속의 공주처럼
행복한 미소 짓는
나뭇잎
사이사이로
별빛 같은 저 햇살

지나는 남실바람
웃으며 키득키득
시원한 볼 키스에
땀방울 뽀송뽀송
자연은
누구에게나
토닥토닥 반기네

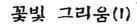

꽃빛 그리움(1)

물안개 피어오른
여울진 기억 저편

가슴에 퍼르퍼르
피어난 아지랑이

사르르
가을 눈웃음
까칠하게 눈 뜬다

꽃빛 그리움(2)

창백한 몸짓으로
흔드는 아린 기억

가을날 말라가는
파리한 당신 눈빛

잊혀진
계절이 오면
국화처럼 빛난다

올레길 따라(1)

- 황금빛 귤밭길

밀려든 그리움을
살며시 뒤로 하고
올레길 완주의 꿈
걷고 또다시 걷다
웅골찬
제주의 가을
들숨날숨 내쉰다

귤 향기 흩날리는
돌담길 걸어가면
대문 앞 큰 그릇에
가득히 담은 인심
맛뵘써
울타리 넘는
목소리가 정겹다

올레길 따라(2)

- 붉게 물든 그리움

하늘을 가득 품은
가을빛 바닷가에
내딛는 걸음걸음
여유가 묻어난다
바람에
나를 맡기고
쉼의 시간 찾는다

해 질 녘 뉘엿뉘엿
어둠이 찾아들 때
발그레 피어오른
노을빛 순한 얼굴
잔잔한
물결 위에도
그리움만 흐른다

올레길 따라(3)
- 함께 걷는 길

쓸쓸한 낙엽길도
차가운 바람결도
당신이 곁에 있어
난 외롭지 않아요
다정히
함께 걸으멍
꼬닥꼬닥 신나게

올레길 따라(4)

- 동백 아씨

누가 날 훔쳐본다
누굴까 조심스레
발걸음 옮겨본다
한걸음 또 한걸음
그녀다
나무 사이로
분홍 마음 참 곱다

연분홍 치맛자락
샛노란 아기 눈빛
귀여운 동백 아씨
수줍게 웃음 짓네
빼꼼히
고개 내밀어
빙삭빙삭 반긴다

* 빙삭빙삭 : '방긋방긋'의 제주 방언

올레길 따라(5)

- 사랑을 위하여

가벼운 발걸음은
그대를 향해 가고
어깨를 감싸 안고
살가운 사랑 동무
맨도롱
마음을 잇다
햇살 담은 온기로

반가운 그대 품고
꼭 안아 토닥토닥
향기를 품은 그대
오늘도 설렘 가득
언제나
온 마음 다해
행복한 날 꿈꾸네

올레길 따라(6)

– 환상의 숲 곶자왈

꼼지락 속살속살
곶자왈 신비의 숲
촘촘히 몸 비비며
사랑은 발밤발밤
이끼와
콩짜개 넝쿨
초록숲을 만드네

낙엽이 나푼나푼
사연에 몸 내리고
넝쿨은 정글처럼
돌들은 우툴두툴
푸른 빛
살 보드랍게
한갓 지는 겨울 숲

올레길 따라(7)

– 오설록 곶자왈

초록빛 팔랑이는
오설록 곶자왈 숲
지치고 아픈 마음
품으며 토닥토닥
햇살에
향기가 배어
꽃보다도 더 곱다

촘촘히 붙어 앉아
사부작대는 걸음
귓가에 속살속살
숨결도 감미롭다
숲속은
엄마 맘처럼
꿈을 키워 나간다

올레길 따라(8)

−성산 일출봉

푸른빛 바다 위에
웅장한 궁전처럼
오르는 계단마다
비경에 취한 눈빛
손꼽는
해돋이 명소
우뚝 솟은 일출봉

감은빛 매지구름
성산의 궂은 날씨
비 맞은 꽃잎처럼
온몸을 휘청이며
한 계단
또 한 계단씩
애면글면 젖는다

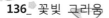

올레길 따라(9)

- 출렁이는 추자도

추자도 향한 뱃길
성난 듯 출렁이고
가슴은 울렁울렁
설렌 듯 되새김질
머리는
부서진 파도
춤추듯이 흔든다

부서진 우산처럼
휘저어 꺾인 날개
익숙한 파도 소리
환청의 바람 소리
내 임의
목소리런가
숨어우는 별 하나

올레길 따라(10)

- 오설록 차꽃

샛노란 저고리에
단아한 하얀 치마
차란차란 꽃 피우는
가냘픈 여인 향기
녹차꽃
영혼의 숨결
설렘으로 벙근다

가을빛 꽃망울로
초겨울 피어난 꽃
진초록 나무 아래
청아한 꽃의 요정
꽃 열매
실화상봉수(實花相逢樹)
일 년 만에 만나요

올레길 따라(11)

- 녹차 꽃차

다섯 장 꽃잎마다
녹차향 담은 풍미
꽃잎에 빗장 열어
그리움 달래 보네
또르륵
맑은 물빛에
마음 씻은 언어들

꽃들의 수다 속에
꼬물락 부푼 마음
연둣빛 별바다에
달안개 맑은 숨결
별들의
사랑 이야기
오물오물 정겹다

올레길 따라 (12)

– 추자도 나바론 하늘길

좁다란 능선 타고
세차게 부는 바람
오르락내리락 길
쉼 없이 흔들린다
두려운
비경 속에서
두 눈을 꼭 감는다

아찔한 바닷길에
깎아진 절벽 바위
간담이 서늘하고
오금이 저려오네
나바론
하늘길 비경
마구 토한 감탄사

올레길 따라 (13)
– 추자도 나바론 하늘길

멀고 먼 바닷길에
그리움 몰려오듯
추자도 바람의 섬
날아든 갈매기 떼
태양은
눈부시도록
찬란하게 빛나네

끝없이 이어지는
가파른 계단 길에
불타는 허벅지를
다독여 조촘조촘
나바론
절벽 하늘길
굽이굽이 바람길

눈꽃

그대를 기다리며
하늘을 쳐다보니
앙상한 가지마다
설렘 꽃 피었구나
햇살에
사랑의 씨앗
다독다독 묻는다

소르르 은빛 눈꽃
온 세상 밝혀주니
찬란한 꿈의 등불
영롱히 반짝이네
차오른
희망의 불빛
늘 우리를 비추네

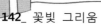

□ **서평**

시조로 쓴 그리움과 치유로 읽는 향기
- 이명주 세 번째 시조집 『꽃빛 그리움』

최 봉 희(시조시인, 평론가, 글벗 편집주간)

 시조가 시인들에게 창작되고 대중들에게 향유가 되는 이유는 무엇일까? 이는 우리 겨레의 정한(情恨)을 제대로 담은 시가로 우리말의 특성을 가장 잘 살린 문학이기 때문이 아닐까?

 시조의 음보 단위 형식 구조는 초장, 중장은 3.4조로 이어진다. 주어와 서술의 구조로 이루어진다. 예를 든다면 "사랑은 동사다."처럼 체언(주어 : 사랑은)와 용언(서술어: 동사다)로 이루어진 구조다. 또한 우리말 단어는 대부분 2음절(사랑, 동사)이나 3음절로 되어 있다. 여기에 조사나 어미가 붙어 3음절(사랑은, 동사다), 4음절로 이루어진다. 즉, 우리말은 기본적으로 3~4자가 하나의 의미 단위를 이루고 있다. 시조가 이러한 우리나라의 문법적 구조에 가장 적합한 독특한 형식에 우리 민족의 정서인 정한(情恨)을 담고 있기에 더더욱 빛이 난다.

 필자는 시조를 쓰면서 우리 한글의 우수성과 한국문학의 세계화에 큰 관심을 갖고 있다. 우리 문학이 K-POP처럼 지구촌 독자들의 큰 사랑을 받는 것은 물론 노벨문학상을 비롯한 세계의 유명 문학상을 받을 수 있기를 소망한다. 필자는 계간 글벗 편집주간이자 글벗문학회 회장으로서 그리고 한탄강문학상과 한탄강 전국백일장 운영위원으로서 오롯이 고유한 우리말의 아름다움을 찾기 위해 나름대로 열정을 다하고 있다. 특별히 두툼한 국어사전을 옆에 끼고 보물찾기하고 있는 것은 물론 글벗문학회 밴드에서 아름다운 우리말을 소개하고 있다. 우리의 아름다운 글, 바른말을 찾아 쓰는 작업도 계속 진행 중이다. 그러다가 맛깔스러운 시어를 발견하고 내 시조 작품에 글을 쓸 때면 세종대왕께 감사하고 자랑스러울 뿐이다.

'가장 한국적인 것이 가장 세계적이다.'라는 말이 떠오른다. 세계 문화에 한류가 급성장하면서 피부로 느껴지는 진실이다.

이명주 시인이 시집과 시조집을 포함 다섯 번째 작품집이다. 2021년 『계간 글벗』에 시조로 등단한 후에 어느덧 세 번째 시조집을 발간한다. 그의 역동적인 창작활동과 끊임없는 시어의 조탁에 경의를 표한다. 그것도 꾸준히 정격시조를 구현했다는 점은 물론이고 아름다운 우리 말글을 찾는 노력을 기울이고 있다는 점에서 대단하다. 그의 시조 작품에서 우리 겨레의 문학에 대한 그의 역량과 시조의 향기를 마음껏 느낄 수있다.

> 기억 속 추억 담아
> 하나둘 엮은 글말
> 희망과 꿈을 모아

하루를 엮어간다
어릴 적
읽어버린 꿈
이곳에서 만난다

남겨둔 투정 없이
마음을 쏟아내며
어느새 말랑말랑
마음 빛 밝아진다
글숨은
내 삶과 함께
숨을 쉬며 자란다

글 속에 삶이 있고
오롯이 내가 있다
퇴고를 거듭하며
다듬어 살아온 삶
마음의
글을 찾아서
내 인생을 담는다
　　－ 시조 「글빛으로」 전문

　위 시조는 시집을 여는 서시로서 그 의미가 매우 크
다. 시를 쓰는 이명주 시인의 삶에 있어서 시조가 무
엇인지 대변하는 시조다. 처음으로 시조를 배우기 시
작하는 것이 2021년으로 기억한다. 시조를 배우면서
느낀 삶의 향기, 그리고 글의 향기, 그리고 살아온 삶
의 향기를 그윽하게 담고 있다. 특별시 세 번째 수의
종장에 마음이 끌린다. "마음의 글을 찾아서 내 인생을
담는다."

시조는 3장 6구로 살린 격조와 운치가 넘치는 언어로 우리 겨레의 정서를 살린 문학이다. 무엇보다도 시인의 상상력을 통해서 자신이 체험한 바와 그 정서적 반응을 은유적으로 형상화하는 작업이 중요하다.

　이명주 시인은 시조를 예쁜 말글로 옷을 곱게 입혀서 날개를 달고 날아가는 시적 형상화에 탁월한 능력이 있는 시인이다. 시인은 눈이 호강하고 마음의 문을 여는 시조, 사랑의 눈빛으로 시조를 읽고 쓰고 있다. 그러다 보니 자신은 물론 읽는 독자들의 마음을 다독이고 있다. 바로 사랑의 빛으로 시조의 향기를 그윽히 담아가고 있다. 그 시조는 사랑의 정한(情恨)을 은근히 담은 것은 물론 그리움의 향기, 삶의 향기를 빚는 시조를 쓴다.

　　　　눈부신 햇살 아래
　　　　저만치 아지랑이

　　　　그리움 불꽃같이
　　　　내 가슴 또 흔든다

　　　　고향의
　　　　어머니 향기
　　　　가슴 속에 흐놀다
　　　　– 시조 「고향」 전문

　이명주의 시조에는 고향과 어머님에 대한 그리움이 담긴 시조가 종종 등장한다. 시인은 특별히 봄날 아지랑이가 일어날 때면 고향을 무척 그리워하는 듯하다.

특별히 시조 「고향」에서는 '흐놀다'라는 시적 표현이 눈에 띈다. 시어 '흐놀다'는 '몹시 그리워한다'는 의미를 지닌 말이다. 사전 속에 마치 미이라처럼 죽어서 누워 있는 언어를 다시 되살려서 대중화하려는 노력에 큰 박수를 보낸다. 그뿐인가? "그리움이 불꽃같이 내 가슴을 또 흔든다"는 표현이 돋보인다.

이렇듯 이명주 시인의 시적 형상화는 싱그럽다. 어떤 시적 대상을 보고 감흥이 일어났을 때 자신의 체험, 기억, 상상 등을 동원하여 포착한 적절한 객관적 상관물이나 비유적 언어로 이미지화하여 표현하고 있다. 언어로 표현된 어떤 현상에 대하여 마음속에 떠오르는 오감을 통한 감각적인 인상이 이미지다.

밤사이 내린 봄비
꽃잎에 입 맞추고
발그레 미소 짓는
꽃들의 웃음소리
빗방울
통통 뛰면서
안다미로 거니네

거리에 가로수는
초록빛 물감으로
공원의 벚꽃 나무
분홍빛 설렘으로
까르르
꽃들의 웃음
내 마음도 피었네
– 시조 「안다미로길」 전문

'안다미로'는 순우리말로 '그릇에 넘치도록 많이'라는 뜻을 지닌 시어다. 자신의 살고 있는 아파트의 앞길 이름이 '안다미로길'인가 보다. 날마다 그 길을 걸으면서 그의 시조에는 은근한 '자기 성찰'을 통해서 자신의 삶을 관조하면서 치유의 시조를 쓰고 있는 듯하다.

아름다운 우리 글말을 찾는 이명주 시인의 시조는 "삶이 글이고, 글이 삶이다." 무궁무진한 이야기가 시인의 내면에 있다. 그는 여행을 좋아하고 다양한 체험을 통해서 내면세계의 감동을 시조로 표현한다.

시인은 그 대상을 통하여 말하고 싶은 철학 또는 사상이 들어간 그림을 그려내야 한다. 그 방법의 하나로 시인은 미적 감각(美的感覺, aesthetic sense)을 발산할 수 있어야 한다. 미적 감각은 하나의 대상물에 대하여 시각, 청각, 미각, 후각, 촉각 등의 다섯 가지 감각을 활용하여 감정을 살려 예술적 감각을 획득하는 일이다.

이명주 시인의 다음 시조 작품을 보자.

이른 봄 팝콘처럼
하얗게 웃는 너는
차가운 내 가슴을
환하게 물들이고
거리는 은빛 강처럼
반짝이며 흐르네

그리움 나비처럼
나풀나풀 날아와서
보고픈 네 어깨에

살포시 내려앉아
눈부신 초록빛 섬엔
송알송알 큰 웃음
- 시조 「벚꽃 피는 날」 전문

 시조에서 느낄 수 있는 미적 감각은 의성어와 의태어
를 활용하여 아름다운 그림을 그릴 수 있다. '팝콘처
럼', '은빛 강처럼', '나풀나풀', '송알송알' 등의 시어가
등장한다. 시인은 벚꽃의 색깔이나 화려한 겉모습이
아니라 벚꽃이 뿜어내는 내적 향기를 우리의 삶에 비
유해 그려내야 한다. 이에 따라 우리의 삶의 모습도
벚꽃처럼 아름다운 향기가 나는 삶으로 형상화할 수
있다. 다만 핵심 요소는 절제미(節制美), 긴장미(緊張
美), 균제미(均齊美), 완결미(完結美)에 달려 있다. 시
조의 경우, 3장 6구라는 제한적 틀 안에서 미적인 감
각 요소들을 창출해 내야 한다. 물론 연시조를 활용하
지만 다른 어떤 장르들보다도 엄격한 시어의 선택과
응축과 절제된 표현 기교가 요구된다. 바로 시조가 풍
기는 은은한 향기다. 그런 의미에서 이명주 시인은 시
조가 지닌 은은한 향기를 자신의 독특한 치유의 향기
로 승화하고 있다.

파아란 새순들이
쪼로니 피어올라

만개한 하얀 꽃잎
오롯한 재스민향

봉긋이
부풀어 오른
설렌 마음 벙근다
– 시조 「커피꽃」 전문

커피를 의인화하여 표현한 시조다. 어쩌면 시인은 시
조의 맛을 커피로 표현한 것은 아닐까? 그의 시조에는
향기가 커피 향기처럼 그윽하다. 그런데 그 커피 향기
는 그리움과 연관된다. 그의 시조에는 '그리움'이라는
단어가 49회 등장한다. 커피 또는 차를 마시면서 사랑
하는 이를 그리워하는 것은 돌아가신 부모님을 그리워
하는 것인지도 모른다. 물론 고향과 친구, 그리고 사랑
하는 사람을 그리워하는 것이리라.

구릿빛 당신에게
살며시 다가서면
하얗게 웃는 그대
가슴에 품은 열정
남몰래 마주친 눈빛
힘이 되는 그대여

향긋한 당신 내음
설렘을 불러오고
추억 속 그대 만나
외로움 달래주네
잔잔히 피어난 미소
커피 속에 그 사랑
– 시조 「커피 속 당신 모습」 전문

비유가 뛰어난 시조다. 초장에서 커피를 '구릿빛 당신', '향긋한 당신 내음'으로 비유하고 중장에서는 커피를 마시는 순간의 열정, 외로움을 잊는 따뜻한 힘을 표현했다. 종장에서는 커피의 맛을 사랑의 힘으로 표현했다. 누군가를 그리워한다는 것은 삶 속에서 가장 아름다운 설렘이자 힘이 되는 원동력인지도 모른다. 그러기에 이글의 시적 자아는 '커피'라는 객관적 상관물로 표현한다. 특별히 종장의 "남몰래 마주친 눈빛 힘이 되는 그대여", "잔잔히 피어난 미소 커피 속의 그 사랑"이라는 표현이 시조의 멋과 맛을 더하는 절창으로 표현한다.

<blockquote>
찹쌀밥 고슬고슬
견과류 영양 듬뿍
밤 대추 어우러져
건강밥 대령이오
쌍화차
한 잔의 여유
따뜻한 정 나눠요

정월의 대보름날
어머니 사랑 담아
구릿빛 반지르르
꿀맛 같은 약식이오
그 사랑
그리운 날은
엄마 손맛 찾지요
– 시조 「약밥을 들며」 전문
</blockquote>

이 시조 역시 그리움의 향기를 시조로 표현한다. 글은 선경후정(先景後情)의 구조적 틀도 완벽하다. 정월 대보름날 약밥을 들면서 느끼는 따뜻한 정서와 어머니에 대한 그리움을 압축적으로 표현하고 있다. 다시 말해 시조의 3장 형식의 압축적 표현으로 완결의 미학을 추구한다. 시조가 지닌 절제미와 간결미, 그리고 독특한 율격에 긴장으로 이어지는 의미의 전달력이 매우 큰 힘을 발휘한다.

굽이진 오르막길
헉헉 헉 거친 숨결
계곡물 속닥속닥
따뜻한 고향 소식
졸졸졸
엄마 목소리
그리움의 메아리

산등성 올라서면
붉은빛 너울너울
진달래 아름 꺾어
살포시 안겨주네
푸른빛
맑은 하늘에
웃고 계신 아버지

들녘은 보물창고
봄나물 아슴한 맛
들꽃과 찔레꽃 향
바람에 들숨 날숨
자매들

추억 보따리
펼쳐보는 즐거움
– 시조 「고향의 봄」 전문

　위 시조 역시 미적 감각과 비유적 기법을 잘 활용한 작품이다. 봄날에 어머니와 아버지에 대한 추억을 떠올리면서 대조하여 계곡의 물소리에서 엄마의 목소리를 메아리처럼 듣고 있고 진달래꽃을 보면서 아버지와의 추억을 떠올리는 비유와 상징을 활용한다. 종장에는 그 그리움을 밀도 있고 생생하게 표현한다. 시적 형상화는 직접적 설명보다는 다른 사물에 빗대어 간접적으로 돌려서 표현하는 비유의 기법을 잘 활용해야 시조의 맛이 살아난다.

꽃가람 따라온 꿈
풋풋한 풀꽃향기
키 작은 꽃잎 하나
실바람 살랑이고
작은 새 바쁜 날갯짓
포롱포롱 날지요

행운의 토끼풀꽃
고웁게 꺾어다가
꽃반지 풀꽃 팔찌
내 손에 끼워주던
추억의 푸른 약속이
아른대는 그리움
– 시조 「풀꽃 향기」 전문

이명주 시인은 아름다운 '시조'로 아름다운 우리 말글을 살려서 '자연의 향기'로 표현하고 있다. 그 그리움은 자연에서도 돋보인다. 숲속에서 만난 솔 향기와 계곡물의 노랫소리를 들으며 추억을 그리움으로 담는다.

　　　솔향기 풍겨오는
　　　고요한 고향 숲길
　　　답답한 생각들을
　　　모두 다 내려놓고
　　　해맑은 자연 숨소리
　　　귀 기울여 듣는다

　　　오솔길 발맞추어
　　　산허리 돌고 도니
　　　흐르는 계곡물의
　　　청아한 노랫소리
　　　그 속에 추억 한 아름
　　　가슴 안고 왔노라

　　　마주 본 눈빛 속에
　　　피어난 우리 사랑
　　　내 안에 추억 깨워
　　　그대와 함께 걷네
　　　지난날 정겨운 얘기
　　　푸른 마음 담는다
　　　– 시조 「숲길을 걷다」 전문

시인의 시조는 쓰고 읽는 행위가 자체가 삶의 치유다. 인생의 그리움을 자연을 통해서 그리고 시조를 통해서 자신의 삶을 표현한다. 시조를 쓰는 것이 사랑의

만남이요. 행복의 표현이라고 말할 수 있다. 다시 말해
이를 통해 치유의 삶을 사는 것인지도 모른다.

> 꽃잎은 흩어지고
> 사랑이 저물어도
> 그리운 마음 남아
> 저 꽃길 함께 걷네
> 떨어진
> 꽃잎 보면서
> 잊지 못할 그 얼굴
> – 시조 「봄이 오면」 전문

 그리움은 추억을 동반한다. 더불어 애틋한 만남을 소
망한다. 사랑은 편안한 시간 속에서 포근히 사랑을 품
는 것이다. 꽃잎이 지고 사랑이 저물어도 사랑의 추억
은 반짝인다. 사랑을 표현하는 감성의 언어가 따뜻하
게 자신을 치유하는 것은 물론 독자의 공감을 통해서
치유하고 있다.

> 선선한 솔바람이
> 가을을 데려왔네
>
> 뜨겁게 달군 대지
> 빗물로 씻어 놓고
>
> 마음 창
> 높은 하늘에
> 가득 띄운 그리움
> – 시조 「가을 하늘」 전문

"시조를 왜 쓰나요?"

어느 날 필자에게 시인에게 불현듯 물은 적이 있다. 그는 이렇게 대답한 바 있다.

"내 삶을 치유하기 위해서이지요. 아픔도 서러움도 치유가 되었거든요. 다른 사람이 제 시조를 읽고 아픔을 치유할 수 있다면 더욱 좋겠어요."

이명주 시인의 치유는 시조의 향기와 자연의 향기에서 얻는다.

베란다 텃밭에는
사랑이 바쁜 손길
씨앗을 뿌려놓고
물 주며 분주하네
연초록
꼬물꼬물이
고개를 쏙 내민다

그녀의 호들갑에
여기저기 새싹 소식
전화기 저 너머엔
설렘의 큰 환호성
차알칵
렌즈 너머로
예쁜 눈짓 새싹들

친구가 잠든 사이
씨앗의 꼬마 요정
아침에 맑은 눈빛
어영차 쑥쑥 컸네
어느덧

행복의 밥상
삼겹살에 상추쌈
– 시조 「텃밭 가꾸기」 전문

　집안에 작은 텃밭을 가꾸는 재미와 행복을 표현한 작
품이다. 시조 속의 그녀는 시인의 딸이다. 씨앗을 뿌리
고 성장하는 채소를 기르면서 생명의 신비로움과 기
쁨, 그리고 작은 행복을 맛본다.
　눈을 뜨면 시조를 쓰는 이명주 시인의 시조 사랑은
삶에서 행복으로 그득하다. 힘들고 지칠 때마다 마을
을 거닐고 때로는 여행을 떠나면서 자연의 꽃나무를
만나서 마음을 토닥이는 시조를 쓴다. 슬플 때도 마찬
가지다. 자신을 위해서 시조를 쓰는 것이다. 이는 자신
을 치유하는 수단일지도 모른다. 하지만 시조는 나 홀
로 즐길 수 없다. 마치 글쓰기 여행을 떠나는 것처럼
그 누군가(독자)와 함께할 때 가능하다. 나눔이 있을
때 진정한 향기와 맛을 느낄 수 있다.
　시조는 함께 쓰고 나눔이 있어야 한다. 그래야만 참
다운 시조의 맛과 향기를 서로 느끼고 함께 누릴 수
있다. 바로 이런 점에서 시조의 대중화가 필요하다. 이
를 위해서는 시조를 즐기고 누리는 행복한 공간이 필
요하다. 그것은 다름 아닌 '글벗문학회' 모임이 아닐까.

따뜻한 감성 맑아
내 마음 적셔주네
지쳐서 힘든 마음
시 한 편 방긋 웃네
정성껏

엮은 시어들
공감 속에 스미네

감성 속 따순 글말
지친 맘 쓰담쓰담
고단한 삶의 하루
울다가 또 웃는다
글벗과
마주 앉아서
물빛 글꽃 피우네
- 시조 「글벗 만남」 전문

시인은 날마다 시조를 맛보는 행복을 꿈꾼다. 새파란
하늘이 눈에 보이고 피부로 느낄 수 있는 창밖의 자연
바람, 그리고 노래와 어울림이 있는 감성의 삶 속에서
시인은 시조의 샘을 찾는다. 그 샘에서 글꽃을 피우고
독자나 글벗들과 나눔이 있는 행복의 카페를 꿈꾼다.
어느 봄날 그가 속한 부산 여류 시조인들과의 만남을
통해서 경험한 행복을 다음과 같이 노래한다.

서운암 앞마당에
꽃을 든 봄 처녀들
왁자한 들꽃 향기
멋스러운 시조 향기
찰지게
비비는 웃음
화전 위에 피는 꽃

앞산에 진달래꽃
뒤뜰에 민들레꽃

옹기종기 모여앉은
돌담 밑 오랑캐꽃
와르르
꽃물 터지듯
들려오는 봄노래
- 시조 「서운암 향기」 전문

　시조집의 서문에 실은 시조 「글빛으로」에 나타난
것처럼 이명주 시인은 아름다운 세상, 행복한 말글을
꿈꾼다. 공감이 있고 나눔이 있고 따뜻함이 있는 그런
삶을 소망한다. 이것이 바로 시인이 꿈꾸는 시조의 향
기, 그리움의 향기이자 행복의 향기이다. 시인은 또 다
른 그리움을 꿈꾼다. 그것은 다름 아닌 행복의 씨앗을
심는 꿈이다.

산기슭 맑은 공기
우리 임 고운 숨결
대문을 활짝 열어
살갑게 맞아주네
글말로 싹 틔운 글꽃
아름다운 그 향기

초록빛 하늘하늘
영산홍 붉게 물든
사랑의 그 꽃길에
그리움 씨앗 뿌려
가을엔 메리골드 길
사뿐사뿐 찾으리
- 시조 「봄 시화전 -종자와시인박물관에서」 전문

시인은 부산에 살면서 경기도 북단에 있는 경기도 연천의 '종자와시인박물관'을 정기적으로 방문하곤 한다. 글벗시화전 행사 혹은 문학 행사에 적극적으로 참여하고 있다. 연천의 종자와시인박물관에서 열리는 글벗시화전을 통해 꿈의 씨앗을 심는다.

특별히 종자와 시인박물관 관장이신 신광순 시인의 삶에서 큰 감동을 받은 듯하다. 신광순 관장의 말씀처럼 "농부가 땅에 씨앗을 뿌려 행복을 만나듯 시인은 사람들의 가슴에 행복의 씨앗을 심는"그런 삶을 살고 싶었나 싶다. 그 때문에 꽃 한 송이 활짝 피는 행복을 맛보고 싶어 수만 리 길을 찾아가는 것이다. 그 가운데 밤비를 만나는 것처럼 목마른 갈증을 풀고 삶의 의욕과 행복을 만나는 것이 시인의 삶의 목표가 아닌가 싶다.

> 그리움 한 자락이
> 또르르 내려앉아
>
> 목마른 사랑 갈증
> 쪽쪽 쪽 입 맞추네
>
> 지난밤
> 참 행복했어
> 너를 만나 좋았어
> – 시조 「밤비」 전문

지금껏 살펴보았듯이 이명주 시인의 시조는 다양한 멋과 맛, 아름다운 향기를 지니고 있다. 그것은 본인

뿐만 아니라 독자들에게 '자연의 향기', '사랑의 향기', '그리움의 향기', 그리고 '행복의 향기'를 전하고 있다.

우리 시조는 우리 겨레의 문학이자, 대중화를 꿈꾸는 세계의 문학이기도 하다.

요즘 시조 창작의 습작 과정과 발표를 통한 활동에서 오랫동안 많은 체험을 한 작가들은 시조 창작에 더 관심을 보이곤 한다. 매우 반가운 일이다. 이러한 현상은 무절제한 표현 방식에서 벗어나 절제미와 긴장미 그리고 균제미 속에 펼쳐지는 시조의 향기와 3장 6구의 독특한 시조의 표현 방식과 음악적 감성에 빠져든 것이다. 다시 말해 우리의 성정(性情)과 체형에 맞는 시조의 매력을 느낀 것이다.

시조의 맛과 멋은 시(詩)의 한 갈래로서 서정을 노래하는 것이지만 정형시의 율격(律格)에 맞추어서 창작하는 것이 시조의 품격이라고 할 수 있다.

3장 6구 45자 내외의 정형률을 가진 시조를 쓰기를 좋아하는 시인이 그리 많지 않다. 더욱이 대중성도 없고 낡은 산물로 취급하는 작가나 평론가도 종종 있다. 그러나 정형이라는 형태적 제한 속에서 리듬감과 운율을 살릴 수 있는 장르는 시조가 유일하다. 그 때문일까? 우리나라 문학사에서 시조가 차지하는 비중이 점차 높아지고 있다. 그러함에도 시조는 여전히 여러 작가와 비평가들로부터 냉대와 외면을 받고 있다. 하지만 이명주 시인은 시조를 사랑하고 시조의 대중화에 남다른 노력을 기울이고 있다.

개인의 내면세계에 초점을 맞추며 서정의 회복을 강조하는 것은 물론 그의 의식에는 역사의 중요성과 소민적인 삶과 행복이 담겨 있다. 이런 면에서 필자는 이명주 시조 시인을 이렇게 평가하고 싶다.

"시조를 '그리움'이라 쓰고, '치유'라고 읽는 시인."

우리 민족이 지닌 역사적인 아픔이나 고통이 아직 우리에게 남아 있다. 시인은 따뜻한 언어들로 가득한 시조가 살아서 꽃 피는 '장미 정원'을 꿈꾸고 있다.

> 추억이 꽃물 드는
> 오월은 매력쟁이
> 푸름을 가득 안고
> 오색빛 향기 품네
> 눈부신 계절의 여왕
> 아름다운 갈맷빛
>
> 꽃내음 풀내음이
> 그윽한 장미 정원
> 아련한 옛 추억이
> 가슴에 스며드네
> 오월은 누구에게나
> 흘러가는 그리움
>
> 가슴과 가슴들이
> 붉게 핀 꽃 속에서
> 따뜻한 언어들로
> 아픔을 보듬는다
> 심장이 툭 터지도록
> 사랑의 꽃 피었네
> – 시조 「장미 정원」 전문

오월에는 추억이 있고 그리움이 있다. 시인은 가슴과

가슴들이 붉게 핀 꽃들 속에서 따뜻한 언어를 창조한
다. 아픈 이들의 가슴을 보듬듯이 시조라는 사랑의 꽃
을 활짝 피웠다. 시인의 표현 그대로 심장이 터지도록
말이다.

폭격은 쉴 새 없이
심장을 관통하고
두 손을 모아 잡고
숨죽여 웅크리네
어쩌랴 우크라이나
울부짖는 아픔을

푸른빛 하늘 아래
대지의 노란 물결
희망의 불꽃 지펴
밝은 빛 살아나네
전 세계 염원을 담아
평화의 꽃 피우리

선조의 아픈 상처
타오른 슬픈 불길
어떠한 이유라도
전쟁은 막아주오
비둘기 힘찬 날갯짓
우리의 꿈 평화여
– 시조 「우크라이나 평화를 위해」 전문

시인은 우크라이나와 러시아의 전쟁을 통해서 이 땅
에 다시는 전쟁이 없기를 소망한다. 어떠한 이유라도
전쟁을 막아야 함을 역설하면서 평화를 소망하고 교훈

하고 있다. 이는 우리 민족이 품은 아픔을 읽는 일에서 시작하고 있다. 그는 옛 추억을 아파하면서 '그리움의 향기'로 시조를 쓰고 있고 또한 '치유의 향기'로 시조를 읽고 있다.

꽃잎이 떨어지듯
우리의 아픈 유월
선조의 흘린 눈물
한 맺힌 호국영령
흩어진 붉은 꽃잎들
슬픈 영혼 잠들다

평온한 이 땅 위에
갈맷빛 꽃잎 돋고
숭고한 영혼 위해
경건한 묵상 편지
선열의 희생과 아픔
가슴 품어 읽는다
– 시조 「유월의 편지」 전문

그의 시조에는 자연을 만나는 기쁨과 설렘, 고향에 대한 그리움, 그리고 역사에 대한 성찰 속에서 시조에 대한 사랑의 말글로 자신만이 가진 철학이 농축되어 있다. 그렇다고 자신의 글을 돋보이려고 요란한 형용사나 감탄사를 전혀 사용하지 않았다.

지난 육십 년의 인생을 땀과 눈물, 그리움으로 살아오면서 시조의 씨앗이 된 듯하다. 한 사람의 일생이 역사이듯이 그의 삶의 이야기가 속속 쌓여서 시조집이 되었다.

다시금 이명주 시인의 세 번째 시조집이자 다섯 번째 작품집 『꽃빛 그리움』 발간을 진심으로 축하한다. 지속적인 그녀만의 독특하고 개성적인 시조의 향기와 멋을 기대한다.

끝으로 이명주 시인의 표제시 『꽃빛 그리움』 두 편 모두를 감상하면서 글을 마무리하고자 한다. 그의 건승을 기원한다.

물안개 피어오른
여울진 기억 저편

가슴에 퍼르퍼르
피어난 아지랑이

사르르 가을 눈웃음
까칠하게 눈 뜬다
- 시조 「꽃빛 그리움(1)」
창백한 몸짓으로
흔드는 아린 기억

가을날 말라가는
파리한 당신 눈빛

잊혀진
계절이 오면
국화처럼 빛난다
- 시조 「꽃빛 그리움(2)」 전문

■ 글벗시선 212 이명주 시조집

꽃빛 그리움

인 쇄 일 2024년 4월 9일
발 행 일 2024년 4월 9일
지 은 이 이 명 주
펴 낸 이 한 주 희
펴 낸 곳 도서출판 글벗
출판등록 2007. 10. 29(제406-2007-100호)
주   소 경기도 파주시 와석순환로 16,(야당동)
         롯데캐슬파크타운 905동 1104호
홈페이지 http://guelbut.co.kr
E-mail juhee6305@hanmail.net
전화번호 031-957-1461
팩   스 031-957-7319
가   격 12,000원
I S B N 978-89-6533-280-0 04810